일생에 몇 번 주어지지 않는
선물 같고 기적 같았던 사랑.

덕분에 많이 웃었고
그만큼 많이 울고 있단 걸 알아요.

이것만 기억해줘요. 당신은 틀리지 않았고
이별은 잘못도 아니며, 나는 여기에 있어요.

혼자서 견디기 힘든 날에는 마음껏 기대어와도 좋고
나조차 도움이 되지 않을 땐 잠깐 숨어버려도 괜찮아요.

나는 모른 척
늘 그 앞에서 기다릴 테니.

잘 보내고 와요,
그 사람.

사랑이 끝난 후
비로소 시작된 이야기

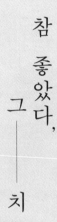

참
좋았다,
그——치

이지은 글
이이영 그림

시드앤피드

차례

PART 3. 우리는 또다시, 그리고 반드시

한참을 말없이 나란히 앉아 있던 우리,
나는 문득 너에게 이렇게 물었어.

"우리 어떻게 시작하게 됐는지 기억나?"
"응, 같이 걷다가 내가 네 손 잡았었잖아."

우리 함께한 시절 동안 백 번도 더 곱씹었을 그 순간,
너는 너무 쉬운 질문이란 듯 대답했어.

그리곤 내게 물었지.

"잡지 말걸 그랬나?"
"왜? 너는 후회돼?"

잠시의 망설임도 없이 너는,

"아니,
나는 네 손 잡았던 것 후회 안 해.
행복했어."

"나도 그래.
그때 손잡아줘서, 고마워."

그렇게
시작되었어,

우리 이별은.

겨울이 짙어지던 어느 밤
흰 눈처럼 스며들어
내 안에 봄을 틔운 그대여,

우리 둘 함께 걷던
계절들을 여럿 지나

낯선 시절에
홀로 멈춰 서 있는 지금,

슬픔이 짙은 이 거리를
어떻게 걸어내야 하나.

뒤돌아보지 않을 수 있을까
우리는.

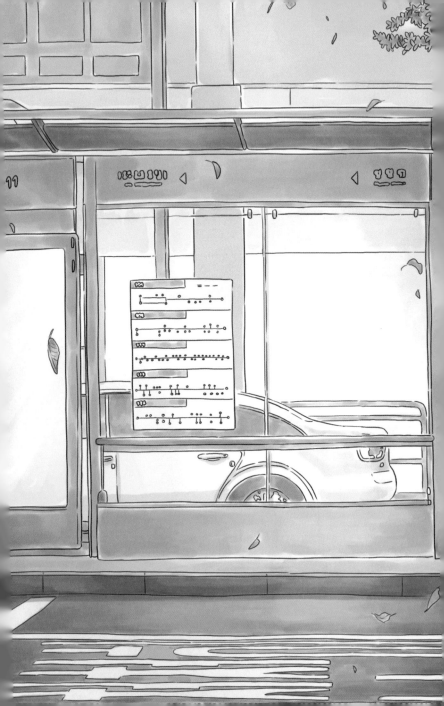

아니, 당신과 나는.

PART 1

하필 오늘,

이별

달고나
말고

왜 있잖아,
설탕을 부글부글 끓여 만들던 달고나.

너무 끓이면 까맣게 타 쓴맛만 남고
다 식고 나면 쉽게 깨져 조심해야 하는,
그렇지만 깨진 파편까지도 달콤한 그거.

아니 사랑 말고,
달고나.

그래 달고나 말고,
사랑.

"추억이 곧 사라지게 돼. 어떡하지?"

"그냥 음미하자."

– 영화 〈이터널 선샤인〉

❖ 기억을 지우는 것이 가능해진 시기를 배경으로 한 영화. 한바탕 싸움 끝에 연인인 두 사람은 서로에 대한 모든 기억을 지우는 프로그램을 신청한다. 하지만 막상 행복했던 추억들이 사라지기 시작하자, 그들은 기억을 지우기로 했던 일을 후회하게 된다. 잊고 싶지 않아 발버둥치는 그들의 노력에도 불구하고 기억들은 맥없이 스러져만 가고, 그 모습을 체념한 듯 바라보던 그들이 서로 주고받던 대사.

잊혀지고
잊어간다는 것

같이 갈래, 물었던 여행. 그러나 결국 함께 오지 못하게 된 여행에서였다. 여행 속 장면마다 네가 있었더라면 내게 건네었을 익숙한 문장들과 수많은 표정들이 문득문득 떠올랐다. 그럴 때마다 철렁이는 가슴을 애써, 있는 힘껏 외면해야만 했다.

여느 보통 여행처럼 굴었다. 함께한 이들과 실컷 웃고 떠들면서. 그러다 별생각 없이 사진을 찍으러 가자며 달려 나갔던 바다 앞에서였다. 참고 참았던 울음이 터지고야 만 것은.

거대하고 푸른 바다가 눈부시게 반짝이고 있었다. 기댈 수 있는 너른 어깨를 마주한 듯, 순간 봄처럼 마음이 녹아내렸다. 내 안에 꾹꾹 눌러 담고 있던 복잡한 감정들이 가장 단순한 형태로 흘러나왔다. 반나절 잃어버렸던 엄마를 만나 긴장이 풀린 아이마냥 엉엉, 서럽게도 울었다.

사무치게 아쉬웠다. 모든 일상은 그대로인데 더 이상 그 안에 실존할 수 없는 '우리'가 되었다는 것이. 사랑했던 표정, 익숙한 말투, 수많은 추억들이 잠시 밀려들었다 이내 맥없이 쓸려나갔다. 파도가 쳤다.

알고 있다. 언젠가 이 바다 앞에서도 네가 떠오르지 않는 날이 올 것이다. 흐르는 물 같은 것. 새어나가는 모래 같은 것. 대단할 것도 유난 떨 것도 없이 당연한 것. 벌도 아니고 상도 아닌 것. 선택할 수도 받아들이는 것도 내 몫이 아닌 것, 잊혀지고 잊어간다는 것은 그런 것이니까.

"그냥 음미하자."

무력해진 자신을 기껏 일으켜놓곤 그렇게 혼잣말을 했다. 스스로 달랠 수 있는 거짓말이 이제 더는 없다.

SCENE 29.

다섯 번째 여름

그런 날이 있죠.

사실 이 모든 것들은 한 편의 영화 같은 거라서
컷 사인과 함께 '수고했습니다' 한마디면

평범했던 일상,
다정했던 너의 곁으로
돌아갈 수 있기를
간절히 바라는 그런 날.

아무 소용없다는 걸
누구보다 잘 알면서도.

하필 오늘,
이별

오랫동안 너를 사랑하느라
모른 척했던 나를
딱 한 번만 생각해주기로 했어.

그게 하필 오늘이라
우리는 헤어지나 봐.

이별이란 걸
하는가 봐.

이렇게 헤어질 줄
알았더라면

오랜 연인이었다. 서로의 웃음소리만 탐색하기에도 하루가 모자란 이들과는 달랐다. 천 번도 넘었을 전화 통화였다. 반복되는 일상을 지루해진 문장으로 늘어놓다 보면 어쩔 수 없단 듯고여 들던 침묵, 그래도 괜찮았다. 우리 사이에는 그 침묵을 건널 수 있는 문장이 있었으니까.

'사랑해, 보고 싶어.'

어느 상황, 어떤 맥락에서 튀어나오더라도 전혀 이상할 것 없는 말. 성숙한 사유와 현실적 고찰 따위는 없었다. 잠이 오고배가 고픈 것만큼이나 당연하게 떠오르던, 하루에도 수십 번주고받던, 무의식처럼 내 안에 만연했던, 그런 감정의 표현. 적어도 내게는 그랬다.

'잘 지내.'

오랜만의 이별이었다. 처음도 아니면서 부산스럽게 구는 마음을 대신해 입술을 꼭 물었다. 던져질 뻔한 많은 말들을 삼키고 삼키어냈다. 보고 싶다거나 사랑한단 말은 이제 금지어가 되어버렸다. 지루한 문장들은커녕 무섭게 고여오던 침묵은 기어코 건널 수 없는 차디찬 강을 이뤘다. 너도 나도 흐르는 침묵을 바라만 보고 섰다.

우린 알고 있었다.
우리에게는 그 강을 건널 용기가 더는 남아 있지 않다는 걸.

이렇게 헤어질 줄 알았더라면
어제는 사랑을 말할걸 그랬다.

바쁘고 피로한 일상에, 어차피 차가울 마음에,
더 지칠 기운이 없어 오늘로 미뤘던 건데.

사랑이어도 괜찮았던 어제,
한 번만 더
사랑을 말할걸 그랬다.

최선의
결말

시간을 되돌려
너를 모른 채 살아갈 수 있다면

지금의 나는
무엇 때문에 아파하고 있을까.

차라리 너로 인해
아픈 마음이
다른 시원찮은 이유보다
나을지도 모르겠다는 생각이 들었다.

내게는 지금이 최선의 결말이다.

시차

하고 싶은 이야기가 많았다.
묻고 싶던 이야기도 많았다.
하지만 아무것도 나눌 수 없었다.

그 이야기에 관심이 있는 건
오직 나뿐인 것 같았으니까.

내가 사랑했던 우리의 적당한 권태가
너에게는 새로운 사랑을 찾아 떠날 충분한 변명이었나 보다.

너의 눈물 앞에
내가 너로 인한 상처를 모른 척 눈감았던 날들처럼

너는 내게 맺힌 아픔에
마음 쓰이던 밤이 있었을까.

내가 알고 있는 너의 어디부터 어디까지가
나를 사랑하고 있는 네가 맞았던 걸까.

네가 없는 지금은
의미 없는 물음만

덩그러니.

신조차

도와줄 수 없는 변덕

'더 이상 만나지 못하는 사람은 죽은 사람이나 다름없다.'

어디선가 읽었던 문장이다. 이 말대로라면 '이별'이란 소중했던 누군가가 나의 세상에서 생을 잃는 것. 어찌 슬프지 않을 수 있을까. 신의 선물이라는 '망각'이 슬픔으로부터 우리를 구원하겠지만, 때로 그 선물마저 원망하고야 마는 건 어쩔 수 없는 인간의 이기.

간직하고 살아낼 용기도 없으면서, 잊고 싶지도 않았다. 하루는 잊게 해달라 빌고, 다음 날에는 기억들이 희미해질까 곱씹었다.

신조차 도와줄 수 없는 변덕,
이별을 앓았다.

때로는 알면서도
모른 척하는 것

사랑은 결과론적인 것이 아니다.
헤어졌다고 사랑이 아니었던 것도
함께하고 있다고 꼭 사랑인 것도 아닌
오로지 둘만이 알 수 있는 것.

때로는 알면서도 모른 척하는 것.

내가 모른 척하고 있던 것은

무엇이었을까.

엇갈린 계절,
나는 아직 여름

멀리 떠나 있던 네가 돌아온다 이야기했던 계절이 다가오고 있었다. 나는 사계 중 여름을 가장 싫어했는데 올해 여름은 얼마나 기다렸는지 모른다며, 네 덕분에 좋아하는 계절이 늘었다며 재잘거리곤 했다.

그해 여름, 네게는 새로운 사람이 생겼고 결국 돌아오지 않았다. 예고도 없이 마주한 결말이었다. 끝을 가늠할 수 없는 낭떠러지로 밀쳐진 기분, 무서웠다. 그러나 그런 내 마음을 표현하기에 앞서 습관처럼 나는 네게 물었다, 괜찮으냐고. 네 덕분에 엉망으로 망가진 내 마음보다 우리 추억에, 혹시라도 떠나는 네 걸음 까슬린 곳은 없는지를 걱정했던, 나는 아직 사랑이었다.

우리 둘, 함께하고 있을 거라는 믿음만으로도 나의 내일은 벅차도록 아름다웠다. 그런 네가 떠났다. 너라는 사람을 사랑하다니, 세상에서 가장 기특했던 스스로가 너를 잃고 하나부터 열까지 잘못투성이인 사람이 되었다. 내 잘못이다. 마음이 떠나가는 것도, 의지를 잃어가는 사랑도 눈치채지 못한 나의 잘못. 분명한 것 하나 없던 나의 미래에, 너 하나만은 자신했던 나의 오만이다.

무엇을 미안해야 하는지 모르겠지만 미안하고, 네가 더 잘 알다시피 너무나도 사랑했으며, 아무리 미워하려 애써봐도 모든 순간들이 고마웠노라, 나는 말을 맺으면 끝나버릴 우리의 시간이 두려워 주절주절 이야기를 늘어놓았다.

사실 그보다 하고 싶은 이야기가 많았다. 어제 우연히 발견한 카페의 기막힌 라떼라든가, 우리 둘이 함께 알고 있는 친구에게 생긴 귀여운 사연이라든가, 너에게 꼭 들려주고 싶었던 참 뿌듯했던 일. 모든 것들이 하루 사이에 부질없는 이야기가 되었다.

믿음을 저버린 너일지라도 미워하지 않는 것, 내가 먼저 애써 돌아서는 것, 네 마음 편할 수 있도록 씩씩한 척 살아가는 것, 네 눈빛이 닿지 않는 곳에서 나는 처절히 무너졌을지언정 내 남은 모든 힘을 다해 웃어 보이며 네가 불행하지 않기를 바라는 것, 그것이 내가 너 없이 할 수 있는 사랑의 전부였다.

네게 새로운 봄이 당도했던 그때,

나는 아직 너를 위한 여름이었다.

마음대로 되는
　　　마음 같은 건 없어서

나를 사랑하지 않는다는 그의 눈동자 안에서
내가 더 이상 할 수 있는 것은
아무것도, 정말 아무것도 없었어요.

사랑, 그거 마음대로 되는 것이 아니란 걸

그만하고 싶어도 그럴 수 없는
내가 더 잘 알아서.

절망

출처를 알 수 없는 운명에 우리 사이를 자주 내맡기는 요즘이
었다. 운명을 탓하면서라도 지금의 우리를 변명하고 싶었다.
듣기 좋은 예언이 있거든 나는 그 한 문장을 절대 놓지 않을
참이었다. 신의 힘을 빌리지 않고서야 너와의 결말을 수정할
수 있는 권한이 내게는 없었으니까.

"사랑해."

나를 여전히 '사랑한다'는 네 거짓 고백 앞에 아프게 웃었다.
차라리 다툼이었으면 좋았을걸. 이미 다른 사람에게 마음을
준 너였다. 진부한 표현을 빌리자면 눈빛만 보아도 무슨 생각
을 하고 있는지 모두 읽히던 사이, 덕분에 떠나야 할 시간이 오
고 있음을 외면할 방도가 없었다.

"미안하다고 해야지."

네 대답을 정정해주고 돌아서니 우리가 함께한 시간은 내게 행복을 준 대가를 물었다. 그렇게 너를 잃었다. 너로 인해 내가 얻은 찬란한 행복은 '너' 정도가 아니라면 성사되지 않는 거래였으니까.

모든 순간을 공유하던 우리는, 서로를 제외한 모든 것을 여전히 공유한 채 세상에 남았다. 밤하늘은 늘 그렇듯 짙어져오고, 그 안에 달 하나, 반짝이는 별들도 그대로인데, 같은 하늘을 이고 있는 너만큼은 더 이상 만날 수 없다. 한 시대를 공유하며 온기를 나눈 시간들이 마치 꿈같다. 차라리 꿈이어서 떠올리려 할수록 아득히 잊혔으면 좋겠다며 절망(切望)하다 절망(絶望)하는 반복이었다.◈

❖ 1. 절망(切望): 간절히 바람.
   2. 절망(絶望): 바라볼 것이 없게 되어 희망을 끊어버림. 또는 그런 상태.

잘했어

미칠 만큼 좋아하는 걸 하라잖아.
밤새 생각나는 그런 것.
그래서 너를 사랑했던 거야.

좋아서, 밤새 생각나서.

'결국' 세상의 보편적인 공식 앞에
당연한 듯 상처 입고 말았지만
돌아가더라도 나는 네 손을 잡았을 테니
후회란 것이 남았을 리 있나.

사랑하기, 또는 아주 많이 사랑하기 말고는
선택지가 없었다니까.

좋아서,
밤새 생각나서.

나쁜
바람

이렇게 간절히
누군가의 불행을 기도해본 적이 없다.

나를 떠나간 이유였던
네 안에 깃든 설렘도
시간 앞에 맥없이 바래지는 날.

가장 순수했던 그때의 우리가,
철없이 예뻤던 우리의 순간들이,
바람처럼 너를 스치고야 마는 날.

아파라.
너 아주 많이 아파라.

분명 네게도 선명히 남아 있을
우리의 기억으로.

네가
받은 벌

꿈속에서였다.

우연히 사진 한 장을 보게 되었는데,

꽃을 마주하고 앉은 너의 그녀와
그녀를 웃으며 바라보고 있는 너,
두 사람의 모습이 담긴 사진이었다.

밀려오던 복잡한 감정들도 잠시,
사진 속 끈이 풀려 있는 네 운동화에
마음이 쓰였다.

그게 나였다.
너를, 네 연약한 속살을 너무 잘 알아
모진 말 한마디 없이 돌아섰던,
나보다 널 걱정했던 사람.

나는 너를 그렇게 사랑했고

너는 그 사랑을 잃었다.

그것이 네가 받은 충분한 벌이다.

이별을
예감하던 밤

마음이 어지러운 날이면 글을 적어 내려가는 버릇이 있다. 그 밤에도 그랬다. 불안한 마음을 달래고자 하얀 종이 위에 연필심을 굴렸다.

'그는 나를 사랑하지 않아.'

무심코 적어내려간 문장, 군더더기 없이 명료했다. 그래서 더 혼란스러웠다. 너와의 과거란 퇴색되어 의미를 잃었으며 미래로는 더 이상 나아갈 자신이 없단 걸 스스로 잘 알고 있었다. 그럼에도 불구하고 우리의 현재만큼은 지켜내고 싶단 모순.

버릇처럼 확신하던 '다음'으로 향하는 길을 잃어버렸다. 믿고 있던 세상 하나가 무너져내렸던, 그때부터였다. 모든 걸음을 멈추고 나는 선택해야 했다. 무너져내린 세상을 재건할 것인가, 다른 세상을 찾아 떠날 것인가.

길지 않은 고민 끝에 나는 무너져내린 파편들 속에 주저앉아 겁 없이 그들을 하나하나 주워 담았다. 날 선 단면에, 엉망으로 깨어진 조각에, 이 모든 걸 담아내야 하는 가슴이 베이고 멍들어간단 것을 알면서도.

그건 사랑이 아니야, 누군가가 나를 말렸지만
여전히 나에게는 사랑, 미련하게도 사랑이었다.
눈물범벅이 된 손으로 다시 사랑을 썼다.

닿을 곳 없는 문장들이,
그렇게 태어나

영영
길을 잃었다.

너는
어땠을까

나는
그대란 인연이 아까워서

영원하자, 말해두곤
'영원'이 짧은 것 같아
밤새 아쉬워했다.

너는 어땠을까.

네가 잠 못 들던 새벽,
내가 머물던 마음이 있었을까.

48분

가을날, 이른 오후의 외출이었다. 비가 세차게 쏟아지고 있었다. 지하철 1호선 승강장 선로 위로는 물안개가 가득 일고 있었다. 요 며칠 계속 내린 비인데 왜인지 낯설도록 황홀했다. 적당한 온도의 선으로 빈틈없이 메워지는 세상이라니, 그 안에 젖어든다면 그보다 더 아늑할 수는 없을 것 같았다. 사랑에 빠질 것만 같은 풍경 앞에 서니 잃어버린 마음도, 울먹였던 어제도, 괜찮지 않았던 모든 것들이 다 괜찮아진 느낌이었다. 어깨를 으쓱여 보기도 했다.

'이별, 그거 별거 아니네' 하고.

비 내리는 세상이 처음인 아이마냥 넋을 놓고 바라보던 때였다. 열차가 미끄러지듯 밀려 들어왔고, 나는 무언가에 홀린 듯 행선지를 확인도 않고 도착한 열차에 올라탔다. 문이 닫히고 잠시 후, 다음 역이 종착역이란 안내 방송이 나왔다. 당황한 얼굴로 고개를 들어 전광판을 바라보았다. 그곳에 쓰인 열차의 행선지 '광명'. 곧게 뻗은 선로에 삐죽이 튀어나온 단 하나의 역이었다. 그 이상은 이어지지도 않는데, 본래의 선로로 돌아가는 열차는 한 시간 가까이 기다려야 한단다. 그 모든 것들을 깨달았을 때 내가 선택할 수 있는 것이란 없었다.

열차는 이미 속도를 내기 시작했으니.

얼마 지나지 않아 종착역임을 알리는 방송이 몇 차례 이어졌고, 곧이어 열차는 광명역에 도착했다. 더 이상 달리지 않겠단 열차에 더 머물 수는 없는 노릇이었다. 쫓기듯 사람들의 뒤를 따라 내렸다. 역을 뒤덮고 있는 천장이 제법 높은 데다가 드문 인적 때문에, 넓은 공간이 적막하게 느껴졌다. 괜히 걸음을 재촉해 걸었다. 공간의 여백마다 고여 있는 쓸쓸함이 견디기 어려워서.

돌아가는 열차를 기다리는 승강장에는 듬성듬성 벤치들이 놓여 있었다. 그들 중 적당한 곳을 찾아 앉았다. 문득 이 사소한 사건을 아무에게라도 재잘대고 싶었다. 휴대폰을 찾아 주머니를 뒤적거리던 그때였다. 무언가를 고백해버린 사람처럼 가슴이 저렸고 이내 눈물이 후드득 떨어졌던 것은.

괜찮을 리 없었다. 별거 아닌 일이라니
말도 안 돼, 너를 잃은 참이었다.

넋을 잃고 빠져버렸던 감정,
그 인연이 다하여 의도치 않게 홀로 내려진 역에서였다.

차가운 두 뺨을 닦아내며 지금 내가 딱 이 모양이구나 인정했
다. 다시 본래의 선로로 돌아가기까지는, 방향을 돌려 새로운
목적지를 향해 나아가기에는 시간이 필요한 것이었다. 나 역
시 다를 리 없었다. 어느새 낯설어진 나의 궤도, 너를 만나기
전의 일상으로 돌아가기에는 시간이 필요한 것이다.

48분. 새로운 목적지를 향해 달려줄 열차가 도착하기까지 필
요한 시간이란다. 전광판의 글씨들이 아른아른 번져갔다. 문
득 내가 다시 나의 모습으로 돌아가는 시간도 딱 저 정도였으
면 좋겠다는 생각을 했다. 부족하지도, 너무 길지도 않은 시간.

마지막까지 우리는
서로의 손 꼭 잡고 이별에까지 걸었다.

그 손 놓치지 않으려
너와 나, 참 수고 많았다.

그러니 어렵게 놓고 돌아선 걸음,
너도 나도 너무 아프지 말기를
홀로 놓인 그 역에서 간절히, 간절히 바랐다.

세상 가득 세찬 비가 내렸다.

이별이었다.

체

너를 사랑하는 일을 그만둬야 하는 나를 위해
나는 너무 많은 문장들이 필요했다.
펑펑 울며, 때로는 억지로 고개를 끄덕이며 삼켜냈던 문장들.

결국은 소화되지 못했나 보다.
체한 듯 갑갑한 가슴을 보면.

이제 그만

마음에서 나자

어떤 '마음이 든다'는 표현이 생겨난 까닭이
마음이 들고 나는 것이기 때문이라면

든 마음이 나게 하려면
어떻게 해야 하는 걸까.

너를 사랑하겠노라 다짐했던 마음은
무엇으로 나게 해야 하나.

어떻게
너를

사랑하지 않을 수 있을까.

보편적인 결말,
그래서 더 서러운 이별

순간은 파도와 같아 차오르다가 이내 밀려가곤 했다. 셀 수 없이 몰아치는 파도의 결도, 온도도 단 한 번도 같았던 적이 없어이를 섬세히 기억하기란 쉬운 일이 아니었다. 그가 선물한 장미꽃 한 송이를 손에 꼭 쥐고 걷던 밤, 그래 그 순간도 그랬다.

겨우 꽃 한 송이에 세상을 다 가진 듯했던 행복감, 우리를 둘러싸고 있던 도시의 소음, 노란 불빛이 내려앉은 가로등 아래의길, 그 빛 아래 적당히 번져 있는 우리 둘의 그림자, 물기를 잔뜩 머금은 공기. 아쉽고 아쉬운 마음이 들었다. 소중해, 놓치고싶지 않은 모든 것들이 시간을 따라 한 걸음 한 걸음 밀려 나가고 있는 것만 같아서.

언젠가 잊혀지고 말까, 안 보여도 보일 정도로 기억해야지, 네어깨에 기대 걸으며 두 눈 꼭 감았었다. 이번 생만으로는 짧아다음 생에도 우연처럼 이곳을 함께 거닐 수 있기를, 아무것도기억나지 않아도 어떤 감각으로나마 추억하기를 바랐다.

가슴에, 머리에 선명하게 기록했던 그 밤에는 언제까지나 우리가 함께할 거란 믿음이 있었다.

이렇게 아픈 추억이 될 줄도 모르고.

어리석었다. 애쓰지 말았어야 했다. 안 보이면 잊혀지도록, 기억하려 해도 떠오르지 않도록. 선명하게 새겨놓은 기억이 자주 아파 하루는 울었고, 울고 나서 개운해진 마음으로 또 하루를 살아냈다. 그 후에는 또다시 주저앉아 울고 싶은 날들이 반복되었다.

둘이서 함께 만들어갔던, 세상에 하나뿐인 이야기.
그러나 지독히도 보편적인 결말.

소리 내면 유난이 되어버릴까
숨죽여 울음을 삼켜야 했던 날들.

그렇게 서러운 것이었다, 이별은.

_____ 견뎌야 하는 시간에
_____ 지지 않기 위하여

때로는 아무것도 힘주어 노력하지 않기로.

다가오다 사라지고
밀려들다 쓸려나가는 모든 것들을

그저
구경하듯 바라보기로.

견뎌내야 하는 시간에
지지 않기 위하여.

닮은 사람

너와 내가 닮아간단 말,
참 좋았었는데.

내게 남은 너의 모습을 지우라 하니

네가 지워지긴 하는지
이러다 나를 잃어버리고 마는 것은 아닌지

두렵고 두려울 뿐,
방법을 모르겠다.

내가 선택한

이별

'난 아무런 선택을 한 게 없는데? 그냥 내몰린 거지…'
- 영화 〈더 테이블〉

두 눈 맞대고 앉아서도
함께 있는 그 시간보다
이별하는 상상이
더 현실감 있게 느껴지던 요즘이었다.

사랑이라 믿었던 지난 시간들을
지킬 수 있는 단 하나의 선택지란, 이별뿐이었는데

여지가 없던 선택의 끝에는
나를 미워하는 날들이 이어졌다,

너를 그만 미워하게 된 대가로.

나도 한 번쯤은
너에게

헤어진 후 한 달쯤 되던 밤이었을까.
네가 꽤나 여러 번 전화를 걸어왔었다.

나는 네 전화를 일부러 받지 않았던 것이 아니라
네가 없는 쓸쓸함에 술을 조금 마셨고
그 기운에 못 이겨 잠들어 있었던 것인데

다음 날 아침 네가 남긴 길고 긴 메시지를 읽으니
어제는 너도 내가 많이 그리웠구나, 했다.

네가 내민 손을 잡고 싶은 마음을,
너에게 건네고 싶은 모든 말들을 꾹 참아내다가

평소보다 어제 조금 더 술을 마셨던 것이
또 평소보다 일찍 잠들었던 것이
맑은 아침 이 메시지를 발견한 것이
우습게도 다행이다 싶었다.

덕분에 나도 한 번쯤은
너에게 어려운 사람일 수 있었으니.

그 시절

너라는 존재는

우리의 사랑은 빛이 바래었지만
그 시절 내 곁의 네 존재만큼은
설명할 필요 없는 당위였다.

결과를 알고 있는 지금까지도.

취중 진담

아금아금 구두 소리가 좋은 밤
집으로 돌아가던 길이었다.

시들어버린 해바라기들 앞에 멈춰서
쪼그려 앉아 들여다보다,
왈칵 눈물이 차올랐다.

문득 네게 묻고 싶었다.
내게 그래야만 했느냐고.
너는 내 생이고 빛이고 영원이었는데,
나는 너에게 무엇이었느냐고.

늘 그렇듯
답 없는 물음만
저 하늘 달처럼 덩그러니 남았다.

아무것도 모르는 사람을 붙잡고
세상에 존재하지 않는 이야기인 척
나의 상실을 늘어놓고 싶은 밤.

그러나 나를 가장 이해해주었던 네가 없어
나를 이해할 수 있는 사람이 아무도 없다.

누구에게도 기대지 않으려 애를 쓰는데
혼자서는 휘청이지 않고 걷는 법을
도무지 모르겠다.

너는 내 행복이 아님이 분명해서
내게 남은 모든 힘으로
애써 너를 외면하는데,

그렇게 도려낸 자리가 시리고 에이니
차라리 불행으로라도 남아라.
벅찬 마음으로 원망할 수라도 있게.

내게 남겨진 생이 몇 날 며칠 정도라면
거짓된 너일지라도 모른 척 나를 부탁할 텐데.
내게 허락된 생이 아직 길어
너를 버리고 잊어야 살아갈 수 있다.

나의 이들은 네가 지겹고
나는 여전히 네가 무겁다.
혼자서 더는 못하겠다고
가슴속 백기를 꺼내 흔들고 싶은 밤이다.

밤이라서 그렇다고
밤은 원래 그렇다고
애써 스스로 달래 재우는

그런 밤이
자꾸 많다.

내 탓

사랑이라 말하기에
그 연약한 두 글자에 내 생을 기대었네.
너무 무거웠던 탓인가,
그렇게 와르르 무너져내리고야 만 것은.

낯선 하루

네가 눈길을 거둔 나의 세상에는
정오에도 짙은 어둠이 내리는가 하면
까만 밤이 하얗게 물들기도 했다.

너로 인해 낮과 밤이 제멋대로 기우는 나의 별은
이미 본래의 궤도를 잊었는데,

돌아선 너는
아무렇지 않게 멀어져만 가서

남겨진 추억 앞에
떨리다,
붉어지다,

싱겁게 웃었다.

찰나

우리는 마치 한 쌍의 유리잔 같아서
오랫동안 견고했더라도
미끄러진 손길은 찰나.
떨어져 깨어지는 것도
겨우, 찰나.

고작 이런

위안

알고 있어요.

오늘 같은 아침이 당연하다는 것.

닿아 있지 않음에

다시금 익숙해져야 한다는 것.

만남 후에 헤어짐은 당연한 거니까.

괜찮을 거예요.

괜찮아야 하고요.

상실

아직 우리가 사랑이라 믿었던 어느 날이었어. 정체 모를 상실
감에 품 안 가득 베개를 끌어안다가 문득 네가 떠올랐어. 너와
나 사이 고여 들던 온기, 네 어깨에 배어 있던 향기, 내 모든 생
을 안아주는 듯했던 너의 품. 내 곁에 네가 있단 생각에 금세
안도하게 되었던 것 같아.

네 곁에서는 '의미'를 잃어버리던 갖은 의미들과 '중요'를 상
실하던 중요한 것들. 삶의 수많은 가치들을 재고 따지던 날들
속에서 단 한생 너와 함께할 수 있음에 감사하던, 그렇게 바보
처럼 현명해졌다 믿었었어.

어리석었지. 내가 잃어버리고 있는 게 너인 줄도 모르고 다른
상실들을 너로 채우려 했었던 거야. 덕분에 한순간에 마주한
텅 비어버린 가슴. 어디서부터 무엇으로 채워나가야 하는 걸
까. 다시 채워지기는 하는 걸까.

많이 겁이 나.

일기장

'이해하기 어려운 간극
그 사이를 헤매는
이 밤 아래에서도
그래도 사랑해.'

네가 준 상처까지도
이해하고 품어내려 노력했던 시절.

그때 쓰인 일기장 속 문장,
애쓰던 시간의 흔적.

예뻤어. 좋았어.
많이 사랑했어.

할 수 있는 모든 사랑을,
다 했어.

마지막 여행

우리 함께 여행했던 그곳, 기억해? 그림 같은 하늘 아래를 거닐거나 잔잔한 강물을 마주하고 앉으면 난 뭔가 멋진 영감이 선물처럼 스치지 않을까 기대했어. 그런데 그게 될 리 있나, 오로지 너뿐이었는데. 뺨에 닿는 공기의 온도보다도 처음 마주하는 찬란한 하늘의 빛깔보다도 네 눈썹의 움직임에, 미세한 웃음에, 네 안의 생각에 기웃거리고 기웃거렸는걸.

주연도, 조연도, 연출과 감독까지도 온통 너였던, 벌써부터 그리운 우리의 시절이 이제 곧 끝나려나 봐. 조금만 더 앉아 있다 갈게. 아쉽지 않을 때까지 우리 이야기의 엔딩을 온 마음으로 마주할 거야. 내 앞에 드리워질 그 까만 먹먹함을 바라보고 바라보면서, 그러다 눈물이 차오르거든 있는 힘껏 아프게 울기도 하면서.

이 시절을 나서는 길은 홀로 걸어야 하니까, 그 걸음 무겁지 않도록. 실컷, 후련하게.

취한 밤

어설프게 취한 밤이 싫어요.
닿고 싶은 마음에
괜히 울적해지잖아.

PART 2

이별,

참을 만한가요

이름

떠나간 이의
이름 세 글자는

남겨진 이에게
한 편의 완전한 시가 되어

보이지 않는 행간에서
오래도록
길을 잃게 하는 것이었다.

나를 위해,

넌 반드시

나에게는 전부였던 기억으로
어디서든 절대 기죽지 말고
멋지게 살아줘.

훗날 우연히 마주하거든
널 사랑했던 어제의 내가
널 마주한 그때의 나에게

거봐 괜찮은 사람이었으니
그땐 어쩔 수 없었다니까,
변명할 수 있도록.

그렇게라도
스스로 상처 입힌 나를

그때서라도
스스로 용서할 수 있도록.

봐달라고,
더 반복할 힘이 없다고

정말 오랜만에 네 꿈을 꿨다.

꿈속의 나는 커다란 방 안을 분주하게 정리하고 있었다. 언제부터였는지 그 방에 있던 너는 내게 무엇을 하느냐고 물었다. 나는 무심코 네가 반갑고야 말았지만, 애써 냉랭한 말투로 대답했다. 너무 정신없이 나갔던 것 같아 정리하러 왔다고.

나를 바라보고 있는 너의 두 눈이 왠지 모르게 슬퍼 보였다. 아무래도 좋았다. 예전 그대로의 모습, 너무 미웠지만 딱 그만큼 그리웠던 너였다. 나는 꿈이란 걸 알면서도 아니, 꿈이란 걸 알았기에 나를 바라보고 있는 네 곁에 조금만 더 머물고 싶었다. 감고 있던 눈꺼풀 위로 햇살이 부드럽게 내려앉던 늦은 아침, 뻐근한 몸을 이리저리 뒤척이면서도, 희미해지는 마지막 환영을 붙잡고 또 붙잡았다. 깨지 않으려 무던히도 노력했다.

꿈속의 네게 말을 걸고 싶었다. 무슨 이야기를 어떻게 시작해야 할지 고민했던 그 잠깐 사이였다. 너는 사라졌고 나는 잠에서 깨고야 말았다. 급히 두 눈 꼭 감아도 보았지만, 깜깜한 어둠뿐 더 이상 그곳에 너는 없었다. 그렇게 네가 또 한 번 떠나갔다. 이번에도 나는 너무나 무력했다. 현실의 방 안에는 텅 빈 천장을 바라보고 누운 내가 있었다. 먹먹해진 가슴이 달래지길 기다리며 여러 번 숨을 크게 내쉬었다.

다시는 내 꿈에 찾아오지 않았으면 좋겠다고,
이 이별도 이제는 멎을 때가 되지 않았느냐고,
봐달라고, 더 반복할 힘이 없다고.

나는 네게 이렇게 말했어야만 했다,
반가워하고 있을 것이 아니라.

애꿎은 나만

잔뜩 혼이 났다.

멈춰버린
회전목마처럼

폐장한 놀이공원 같았다. 네가 없는 우리의 기억이란.

무심코 혹은 기어코 들어선 그곳에는 우리가 나누었던 문장들이 먼지처럼 부유했다. 빛바랜 기억들은 달리는 법을 잊었다. 멎어버린 시간 탓에 하염없이 희미해져, 한때는 반짝였으리라 짐작할 뿐이었다. 바라보고 쓰다듬거든 입술 끝에는 익숙한 이름, 그 세 글자가 소리 없이 맺혔다. 그제야 부질없이 깨닫고야 마는 것이다.

퍽 사랑했었구나, 우리.

둘만 아는 이야기를
조금 하고

그리운 마음에 너에게 몇 번인가 전화를 걸었다. 네가 보고 싶어 굳이 취하려드는 날도 있었다, 취하지 않으면 도무지 용기가 나질 않았으니까.

길지 않은 연결음 끝에 너는 마치 헤어진 적 없는 사람처럼 전화를 받곤 했다. 서로의 안부를 묻고 우리 둘만 아는 이야기를 조금 하고, 다시 현실로 돌아와 익숙해진 침묵을 몇 번 마주하고 나면 느릿느릿 통화는 끝이 났다.

우리 헤어지는 날이 그랬듯, 마지막이 될 줄 몰랐던 마지막 통화의 끝에서였다. 전화를 끊고 수화기 너머 들려왔던 네 목소리를 나는 몇 번이고 떠올렸다. 여전히 다정했지만 그 이상의 감정이 느껴지지 않았던, 드디어 낯설어지고야만 네 목소리.

아 이제 정말 그만두어야 하는 거구나,

우리는 끝난 것이 맞구나.

참 빨리도 깨달았다.

망설임 끝에 네 번호를 지웠다. 겨우 11개의 숫자일 뿐인데,
셀 수 없이 많은 것들이 사라지는 기분이었다.

사랑을 알았고 이별을 앓았던 낮과 밤, 그 반복 속에 홀로 맞이
한 초라한 엔딩. 아름다운 결말은 아니지만 어찌 되었든 이야
기는 끝났다. 너까지 망설였다면 지지부진한 전개로 지치도록
결말을 잃었을 이야기, 우리 둘만 아는 이야기가.

우리, 멈춰진
시간의 용도

그냥 잊고 잊혀진 척 살아가다가도
왈칵 눈물 나는 날에는 꼭 서로가 생각났으면 좋겠어.

시간에 저물고야 마는 우리의 한생에,
서로의 곁에 머물던 시간들이
오랜 잔영으로 머물며

캄캄한 밤, 아름답게 피어오르는 불꽃처럼
너의 우울한 날들에 작은 위안이 되었으면 좋겠어.

그리하여 너만큼은 영영 쓸쓸함을 몰랐으면,
그랬으면 좋겠어.

바보처럼
또 네 걱정.

미련

하루에 하루를 더하고도
떼지 못하는 걸음.

답을 알면서도
모른 척

또다시
하루만 더,

하루에 하루를 더하고도
떼지 못하는 걸음, 그 마음.

알면서도

모른 척했던

마주하고 있어도 아득했던
함께하고 있어도 그리웠던

그 이유를 사실은 알고 있었던 건지도 몰라.
모른 척하고 싶었던 것뿐.

결국 답은 하나,
나를 사랑하지 않았다는 것.

회상

바닥에 나뒹구는 꽃잎만큼이나
숱하게 많은 사연들
그중에 그저, 하나.

아름다운 것도
가시지 않은 향기도
특별해서가 아니라

모두가 그렇듯, 이라는
싱거운 이유.

참 좋았다,
그치

네가 나에게 '사랑'이란 걸 믿게 해주었던 순간들,
너도 여전히 기억하고 있을까.

비가 많이 내리던 날,
잠시 기다리라며 어디론가 뛰어갔던 네가
긴 시간 젖은 발로 버스를 타야 하는 날 위해 사왔다며
건네주었던 보송보송한 양말 한 켤레.

서점 안, 책 속에 정신없이 파묻혀 있던 내 앞에
붉은 꽃 한 송이를 내밀어
모든 시선을 앗아갔던 예쁜 오후.

잠시 멀리 떨어져 있어야 하는 상황에
노란 가로등 불빛 예쁘게 번진 골목길,
나보다도 먼저 눈물 찔끔 보이던 너는
나를 영차 업더니 뒤뚱뒤뚱 걸으며 말했지,
네가 나를 많이 사랑하고 있다고.

여전히 믿고 있어.
지나간 시간들, 그때 그 순간만큼은
너도 사랑이었다고.

둘이서 즐겁게 술잔을 기울였던 밤,
'우리'를 기억하고자 적어놓았던 문장이
너와의 모든 시간을 회고할 문장이 되리라고는
전혀 예상하지 못했지만.

'참 좋았다, 그치.'

길치의

기억법

길을 잘 잃어버리는 사람들은
쉽게 변하고 사라지는 것으로
장소를 기억하고 설명한단다.

화려한 네온사인이 반짝이던 밤거리의 분위기,
잠깐 주차되었던 노란 봉고차,
낙엽이 잔뜩 쌓여 있던 나무 같은 것으로.

그렇기 때문일까.
지금 내가 떠나야 할 곳과
닿아야 할 곳을 찾지 못하고 헤매는 까닭은.

감정이란 건 쉽게 변하고
또 쉽게 사라지는 것인데도

우리 좋았던 시간만
그때의 마음만
자꾸 기억에 남아서.

그리움

사람이 살 수 있는 시간이
백 년이 채 되지 않는다는 사실이
새삼 다행이다 싶었다.

너도 사라져버린 지금
자주 가던 곳들이, 함께 걷던 거리가
모두 변해버리고 나면

그렇게 여러 번
또 다시 혼자가 되거든

사무치는 그리움은
어떻게 감당해내.

조금만 더, 다들 자신의 자리를 지켜주었음 좋겠다.
백 년까지는 바라지도 않을 테니.

사라진 도시,
잠겨버린 섬

행복했던 여행에서 돌아와 가쁜 일상으로 복귀하고 나면, 여행의 아름다웠던 순간들이 더 도드라지게 기억된다. 이를 심리학 용어로는 '므두셀라 증후군'이라 부른다는데, 현실의 우울감에서 벗어나고자 하는 일종의 기억 왜곡, 도피라고 한다.

그의 곁에 머물렀던 시간들을 아름답다 회상하며 그리워하는 것도 같은 이유 때문일까. 홀로 남겨진 상실감에서 벗어나려는 무의식의 발현.

여행했던 목적지라면 다시 찾아갈 수라도 있을 텐데, 나는 그의 곁으로 돌아갈 수 없다. 감당하기 어려운 이별을 선택했던 것에는 그것이 최선인 이유가 있었던 거니까. 그를 그리는 그리움 저편에 '행복'이라 기억하는 많은 이야기들 뒤, 견디기 힘든 아픔을 참아야 했던 시간들이 있었다. 나는 최선을 다해 강해졌었고 그럼에도 무너질 수밖에 없었다. 그는 내 가슴으로는 품을 수 없던 사람, 우리에게 다른 결말은 허락되지 않았다.

너는 내게 사라진 도시,
잠겨버린 섬이다.

어떤 밤

반복할 수 없는 일이, 돌아갈 수 없는 곳이
만날 수 없는 사람들이 점점 늘어나고 있다.

딱 그만큼 새로운 일들이
새롭게 닿은 곳들이
새로이 알게 된 이들이 늘어났지만

어찌 된 것이 지나버린 일들만
이젠 사라진 곳들만
잃어버린 이들만

사무치도록 그립고 그리운지
큰일이다, 정말.

다 좋으니, 너만큼은 그립지 않게 해달라고

그렇게만 된다면

세상의 수많은 그리움,

투정 없이 품고 살아가겠다고

나의 신에게

빌고

또 빌었다.

낙서 꽃

전화 통화할 때,
손에 펜이 쥐어져 있으면
꽃을 그리는 버릇이 있다.

일기장을 넘기다가
낙서 꽃으로 가득한 페이지에서 멈춰
나만 알아볼 수 있는 꽃잎들을
손끝으로 하나하나 세어보았다.

이 작은 공간 위에 머물렀던 시간을 떠올리다
빼곡한 선들 사이에서
길을 잃을 뻔했다.

이 꽃들이 뿌리내린 곳이 어딘지
어떤 이야기들이 오고 갔던 건지
너무나 선명해서,

모두 다
기억나서.

단서

기억이란 건
단서에 약해요.

낯익은 공기에 왈칵 차오른 눈물은,
공기까지 단서가 되어버린
당신과의 기억은
어떡하면 좋을까요.

나에게는 어려웠고,
너에게는 쉬웠던 일

매일 열차를 기다리던 1호선 승강장에는 스크린도어 대신 허리 높이의 철제 난간들이 그 자리를 대신하고 있었다. 어느 날 아침, 늘 기대어 섰던 난간들의 중간중간이 숭덩 썰려나가 있는 걸 발견하고는 그 후로 매일 궁금했었다. 쇠로 만들어진 난간의 한가운데를 도려내버리면 나중에 어떻게 복구시키려는 건지.

몇 날 며칠이 지나고 나서 그 이유를 알았다. 숭덩 썰려나간 난간들의 사이사이로 스크린도어 기둥이 듬성듬성 들어선 것이다. 저 난간들은 애초에 복구할 생각이 없었구나, 그대로 철거될 뿐이겠구나.

참 긍정적인 나도 스스로 변명할 길 없이 상처라 부르는 커다란 흔적을 보듬고 보듬으며, 내게 이를 남긴 그들은 어떻게 아무렇지 않을 수 있었을까 매일 밤 참 궁금했었는데. 그제야 알았다. 애초에 책임질 생각이 없던 상처여서 그리도 과감할 수 있었다는 것을.

외면하면 그만이었던 것.
그들의 세계에서 나를 그대로 들어내면
죄책감도 무엇도 남지 않을 테니 말이다.

아무리 이해하고 싶어도
나로서는 도무지 이해할 수 없는 마음,
그 곁에 머물려 애쓰던 가여운 날들이 있었다.

아무것도
묻지 마세요

등산로 초입에서였다. 꼬마 아이들이 언덕 위에 묶여 있던 개들에게 작은 돌멩이를 던졌다. 개들은 이런 일쯤은 아무것도 아니라는 듯 먼 곳만 바라보고 있었다. 아이들의 웃음은 부섭도록 천진난만했다. 아프지 않은 줄로 아는 걸까, 그 개들은 아프지 않아서, 피하고 싶지 않아서 가만히 있던 것이 아니라 무력하게 외면하는 것밖에는 할 수 있는 것이 없을 뿐인데.

자신의 행동이 상대에게 상처가 될 것을 충분히 알 만한 이들도 다정한 거짓, 모난 문장을 잘도 던진다. 아무것도 모르겠다는 참 천진난만한 얼굴로 말이다. 돌멩이가 아니라 아프지 않은 줄 아는 걸까. 넘지 못한 계절에 묶여 아프다, 말하는 것조차 무력한 것뿐.

아픕니다, 아프다고요.

가십거리

먹다 남은 과자 봉지를 찾듯
내게 그의 이야기를 내어놓길 바라는 이들이 있다.

결말이야 어찌 되었든
내게는 여전히 사랑스러운 기억,
소중한 사람이었다.

적어도 당신이 내게
가십과 심심풀이로 찾아서는 안 되는.

초라한 위로

쌀쌀해진 밤공기에
이불을 턱밑까지 올려 덮고는
차마 덮어주지 못한 마음이 안쓰러워
글로써 토닥토닥.

무엇이 어디서부터 잘못된 걸까 생각하다가
아무것도 잘못된 것은 없다,
원래 다 그렇다는 세상의 보편적인 공식으로
스스로 초라하게 위로하는 밤.

어른의 맛

"이건 좀 더 어른의 맛이에요.
향도 맛도 복잡해요."

내게 건넨 칵테일을
바텐더는 그렇게 설명했다.
칵테일 이름은 잊었는데
그 문장만큼은 선명해.

그렇죠, 어른이란 건
원래 이렇게 복잡한 거죠.
나만 그런 게 아닌 것 맞죠.

우리를 어른으로
만드는 것

"저는 감정을 표현하는 데 겁이 없어요."

한낮의 대화, 나를 궁금해하던 이에게 나는 망설임 없이 그렇게 나를 설명했다. 그게 그동안 내가 알고 있었던 당연한 내 모습이었다. 사랑이거든 또박또박 사랑을 말하는 것, 그로 인해 입게 될 상처도 기꺼이 껴안는 것, 후에 다가올 무엇도 미리 겁내지 않는 것.

돌아와 혼자가 된 방 안이었다. 가만히 앉아 이리저리 생각을 기울이다 잔재한 흔적들 앞에 왈칵 눈물이 났다. 이별로 인해 상처 난 가슴은 몇 날 몇 시를 더했음에도 새살이 돋지 못한 채 쓰라렸다. 나는 이내 거짓말을 들킨 아이처럼 얼굴이 붉어졌다.

"사실 이제는 무서운 것 같아요."

한낮에 마주했던 상대에게 메시지를 보냈다.

사랑을 이야기하던 눈빛이 온기를 잃어가는 것, 잃어가다 못해 마음이 에이도록 차가워지는 것, 그 모든 걸 다 알면서도 여전한 온기로 품어내려 애쓰는 것밖에는 할 수 없었던 무력한 시간들, 제아무리 씩씩한 나라도 견디기 어려운 일이었다.

'저는 감정을 표현하는 데 겁이 없었어요.'

이제는 이 문장이 더 옳겠다. 나를 겁 많은 어른으로 키워낸 건 시간이 아니라 사람, 어쩌면 사랑인지도 모른다.

독한 사람

'힘들었던 시간을 과거로 만드는 독한 사람.'

누군가가 나를 이렇게 소개했다. 잠시 할 말을 잃었던 그때의
나는 그건 독해서가 아니라 나약해서야, 라는 생각을 하고 있
었다. 애써 지나치지 않으면 견딜 수 없어서, 내가 할 수 있는
것이라곤 걸음을 재촉하는 것뿐이었으니까.

이별 후

헤어지고 나서 쉼 없이 새로운 사람들을 만났다. 그것이 나를 지킬 수 있는 방법이라고 여겼다. 적어도 누군가를 마주하고 있을 때만큼은 상실감 속에서 허우적거리지 않아도 되었으니까.

내 앞에 앉아 있는 이 사람이 무엇을 좋아한다고 말했던 이였는지, 그에게 어떤 이야기를 어디까지 했었는지 헷갈리기 시작할 무렵, 깨달았다. 나는 누군가에게 빠져 있는 것이 아니라, 누군가에게 빠지려고 바둥거리고 있다는 것을. 나를 지켜내기는커녕 아무 데나 내팽개치고 있었다.

길을 잃은 것이 아니라, 목적지를 잊은 것이었다. 외로움을 상쇄시키고 싶었던 것이 아니라, 외로워도 좋으니 사랑이 하고 싶었던 건데.

마지막 같았던 사랑을 보내두고서, 나는 너무나도 쉽게 누군가를 좋아한다, 곧잘 이야기했다. 그건 어쩌면 버릇 같은 외로움에게 달달한 사탕을 물려주는 것이었을지도 모른다. 달콤해, 하지만 내가 원한 건 이게 아니라며 금세 갈증을 느끼고 말 것이란 걸 알면서도.

어리석은 날들이 잔뜩 쌓였다.

우리 너무
아깝잖아요

긴 여정 중 찰나를 부딪힌
겨우 그 사람 때문에 주저앉지 말아요.

완벽할 수는 없지만
완전한 존재로,
자신의 가치는 스스로 지키는 거예요.

아무나 가지라기엔
우리, 너무 아깝잖아요.

술과
사랑

술을 좋아하는 것은 문제가 아니다.
술에 의존하는 것이 문제인 것이지.

사랑에 빠진 것은 잘못이 아니다.
사랑에 너무 많은 것을 기대었던 것
그것이 잘못.

머리로는 다 아는 이야기,
실컷 똑똑한 척해도

너무 빨리 취했고
너무 쉽게 쓰러졌다.

술에도,
사랑에도.

혹은 사랑하지
않았었거나

이별을 이별로 받아들이지 못하는 사람은 추하다.
미화하고 꾸미고 비유해도
이별은 슬픈 것.

상대는 당신이 그의 행복을 빌어주는 것보다
이제 그만 잊어주길 바랄지도 모른다.
그렇게 잔인한 것이, 이별.

영화 속 한 장면처럼 아름다운 이별은
공감 능력이 부족한 사람들에게나
가능한 이별일지도 모른다.

혹은
사랑하지 않았었거나.

언젠간 사랑이었던,
이제는 낯선 사람

사랑의 끝이 이별이라잖아요. 이별에게도 끝이란 것이 있다면
그건 새로운 사랑인 줄 알았어요. 그래서 그랬던 것 같아요. 쓰
라린 이별을 맺어줄 누군가를 급하게 찾아 헤맸던 건.

감정을 쉬어가야 한다거나 마음의 준비가 필요하다는 친구들
의 이야기를 공감하기까지 많은 시간이 필요했어요. 정리되지
않은 사건들이 겨울밤 하늘의 별처럼 쏟아져 있는데 저는 계
속해서 새로운 은하를 제 안으로 들이는 일에만 애쓰고 있었
던 거예요.

수많은 인연들을 덧없이 스쳐 보내고서야 어렴풋이 알 것 같
았어요. 이별만이 사랑의 끝은 아니라는 것을요. 새로운 사랑
이 시작된대도 결코 이별이 끝맺어지지도 않았고요. 모든 것은
별개의 일이었어요, 하나하나 각자의 매듭을 만들어야 하는.

이제는 알아요. 또다시 누군가를 마음 다해 사랑하기 위해서, 나는 지금의 이별을 잘 맺어두어야 한단 것을. 그를 닮은 습관과 말버릇들을 나에게서 떼어놓기 위한 노력을 시작했어요. 은연중에 새로운 사람들에게서 그의 모습을 찾거나, 나를 너무 잘 알고 있기에 가능했던 그의 배려를 당연시 기대하는 것도 그만두려 해요. 무의식적으로 반복되던 이 모든 것들을 그만두기까지는 충분한 시간이 필요한 것이겠죠.

너무나 버거워
누군가 대신해주길, 미뤄두었던
당신을 정리하는 일을 이제 내가 시작해요.

이제는 정말 안녕,
언젠간 사랑이었던
이제는 낯선 사람.

내
사람들

"잘했어."

무슨 일이 있었던 건지
어떤 이유로 이별한 것인지
아무것도 묻지 않았다.

그 대신 그렇게 말해줬다, 잘했다고.

그들의 유일한 잣대는 나의 행복이라서
그 밖의 조건과 근거와 상황들은
모두 필요하지 않았다.

"네가 행복했음 좋겠어."
"나한테는 네가 가장 중요해."

그렇게 무릎 툭툭 털어주고
번쩍 일으켜준 다음
자 다시 걸어봐, 지켜봐주던 다정함.

때로는 내 뜻대로 사는 걸 멈추고
나를 아껴주는 내 사람들의 뜻대로 살아가는 것이
더 옳은 일일지도 모른다.

혼잣말

잘 지내느냐는 질문에는 '잘 지내지'라는 대답 대신 '열심히 지내고 있지'라는 문장으로 대신하곤 해요. 마냥 행복하지는 않지만 그렇다고 나쁘지도 않아요. 스물아홉, 모두가 특별하게 여기는 미완의 나이라 그런지, 정리되지 못한 그리움이 줄곧 스며드는데, 다행인 건 그 그리움이 술처럼 달아요.

더 이상 읽고 싶지 않은 책이 한 권 있어요. 덮어둔 이야기 속 주인공은 이렇게 살고 있다더라는 소식이 들려올 때면 무언가 알 수 없는 감정이 적당히 쌀쌀했던 계절로 나를 데려가요. 그곳에는 우리가 '우리'인 채 멈춰져 있어요. 가만히 그 둘을 바라보다가 문득 궁금해지고야 말아요. 서로의 손을 잡고야 말았던 그날은 어쩌면 사랑이 아니라 그 계절의 온도 탓이었던 것은 아닐까요. 쓸쓸한 바람에 잠깐 온기가 필요했을 뿐인데, 손 놓을 타이밍을 깜빡 놓쳤던 것일지도 몰라요. 그러니까 내가 궁금한 건, 우리가 사랑이기는 했냐는 거예요.

원망하다 그리워지다 결국엔
미화된 기억들이 하나둘 떠올라요, 나를 달래려는 듯.

이게 아닌데, 하다가도
힘없이 휩쓸리거든
이내 곧 아무렴 어떤가 싶어져요.

간직하고 살아가야 하는 것이 기억이라면
아름다운 채로인 것이
지금의 나에게는 더 나을 테니까.

걱정 말아요.
나는 열심히 지내고 있어요.

_____ 이별,

_____ 참을 만한가요

나를 온통 고백해버리고 싶은
사랑하는 내 사람들과
여전히 자주 마주 앉고
딱 그만큼 짠을 나눠요.

취했던 밤은 어제인데
쉬이 잠들지 못하는 오늘은
무엇에 취해 있는 걸까요.

가을, 참을 만한가요.

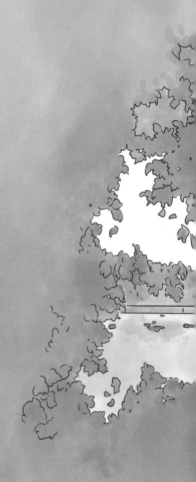

PART 3

우리는 또다시,

그리고 반드시

내가

나에게 바라

나는 내가
누군가로 인하여, 가 아니라

오롯이 나로서 행복하기를
언제나 바라.

세상의
약속

네가 나에게 이별을 고했던 그때였다. 나는 한 겹도 걸치지 않은 마음의 민낯을 그대로 내어놓은 채, 온 힘을 다해 막아섰다. 아무렇게나 내동댕이쳐져 엉망이 될 거란 걸 알면서도, 할 수 있는 게 그것밖에는 없었다. 초라하고 처량하고 볼품없어져도 나 스스로 네 손을 놓으면 정말 후회할 것만 같았다. 하지만 사랑이라 믿었던 넌 이미 내가 알고 있던 예전의 그 사람이 아니었고, 견고하다 믿었던 사랑은 반쪽만 남은 모래성처럼 부서져만 갔다.

"비는 그치고, 밤은 가고, 해는 떠올라."

잠들지 못한 푸른 새벽이면 주문처럼 되새겼던 혼잣말. 세상의 단순한 약속에 기대어 시간을 버티어냈다. 단지 새로운 이야기를 시작하기 위한 과정일 뿐이라고, 그치지 않는 비도 저물지 않는 하늘도 없지 않았느냐고 세상은 늘 내게 온몸으로 보여주었으니까. 짙고 긴 밤을 지나 아침이 밝아오고 있다. 이제 곧 새로운 계절도 당도할 것이다.

스스로에게 바라건대, 다가온 계절에는 더 이상 지나간 기억들을 상처라 이름 붙이지 않았으면 좋겠다. 흉터 남은 가슴을 변명으로 새로운 사랑과 사람 앞에 연약해지지도 않았으면 좋겠다. 자신만을 지키는 데 급급해하거나 근거 없는 불안과 불신 속에 나를 가두지 않기를 바란다. 사랑에 기대고 사람에 어리광부리며, 감정을 누릴 줄 아는 삶을 다시금 살아내기를, 설령 그로 인해 다시 울게 되더라도 말이다.

보드라운 새살이 돋아날 테다. 겁낼 것이 하나 없단 말이다. 시간은 흐르고 또 다른 계절은 반드시 시작된다. 그것이 그 누구도 거스르지 못하는 자연의 규칙, 상처받은 모든 이들을 위한 세상의 약속이니까.

희망

절망은 변화로 나아가는 것이 고될 때가 아니라
어디로도 갈 수 없어
아무것도 달라질 희망이 없는
닻을 내린 곳에서 온다.

이고 있는 하늘이 버거울 때는
다른 빛깔의 하늘을 찾아
새로운 항해를 시작하면 되는 것.

하늘도 벗어날 수 있는 세상에서
사람 정도야.

결국 행복해지고야
말 테니까

보란 듯
많이 웃어요.

당신을 떠나간 그 사람이
언젠가 당신을 다시 마주하거든,

그가 떠난 것이 '겨우 한 사람'이 아니라
흔히 '사랑'이라 일컫는 것의 실체였음을
깨닫고 후회할 수 있도록.

물론,
웃다 사랑스러워지다
결국 행복해지고 만 당신에게는
그의 늦은 후회 따위
아무런 상관도 없겠지만.

마지막
전언

사람은
심심해서가 아니라

그리움으로 만나는 거야.

네가 떠올랐던 건
아니고

차가운 버스 유리창에 머리를 기대고
졸음 가득한 눈을 깜빡이다
'누군가의 따듯한 곁이었더라면
더 좋았을걸' 하는
참 약해빠진 생각을 했다.

라디오에 흐르던 노래가 쓸쓸해서,
스며든 공기가 차가워서.

아니, 네가 떠올랐던 건 아니고.

겨울나무

겨울나무가 나뭇잎들을 모두 떨구어낸 이유는
겨우내 스스로를 보호하기 위해서란다.

그러니 앙상히 홀로 서 있는 당신이라고,
틀릴 것도
못날 것도 없다.

봄은 오고야 말 테니
시간을 견디어내면 될 뿐.

겨울나무처럼
혼자서 스스로를 지켜내야 하는 시간도
필요한 법이다.

그러니

힘내라는 말은

내게 남은 구김과 흔적까지도
품고 사랑하는 방법을
온 힘을 다해 배우고 있어요.

더 이상 힘낼 여지없이, 힘껏.

이별,
그뿐

모든 위로는 일회용 밴드 같은 거라서
잠시 달래줄 뿐
결국 새살을 돋게 하는 일은
스스로의 몫.

그러니까 더 힘내어 씩씩하게 살아갈 수 있도록
우리는 스스로 응원하고 사랑해줘야 해요.

이별, 그뿐
잘못한 것은 없다고.
잘 견디고 있다고.

네가

나에게 그렇듯이

익숙한 번호의 버스가 지나가거나
현관문을 열고 나가 마주한 낯익은 날씨의 손길 속에서,
기어코 떠오르고야 마는 이름들이 있다.

나 역시 어느 누군가에게는
그렇게 문득 떠오르는 이름일까.

만약 그렇다면
어느 정도의 온기를 품은,
어떤 배경 속에서일까.

나는 당신이 아름답다,
말해주었던 풍경

내가 삶을 걸었던 이야기였을지라도
누군가에게는 스치는 풍경일 수 있다고,

그것을 받아들이고 나면
조금은 마음 편해질 수 있을지도 모른다.

작은
바람

예쁨받는 것이 아니라
사랑받고 싶었다.

언제든지 떠날 수 있는 그런 감정 말고
언제까지고 머물러 바라보고픈 마음을….

소소한
다정함

아침 출근길, 집 앞 거리에는 보도블록 공사가 한창이었다. 방해가 될까, 작업하시는 아저씨들을 피해서 내디딘 발이 하필 평평하게 다져놓은 시멘트 바닥에 구두 자국을 내고 말았다. 죄송한 마음에 급히 돌아본 내게, 세상 다정한 목소리.

"괜찮아, 괜찮아."

청승맞게도 울컥했다. 어둑한 마음에 복잡한 생각들이 몰아치던 하루하루를 보내던 시기였다. 그런데 그 짧은 순간에 아픈 마음이 배려받은 느낌, 덕분에 많은 것들이 괜찮아진 기분이 들었다.

그날은 이상하게도 세상이 나를 아이처럼 예뻐해주는 것만 같았다. 내가 입고 있던 옷매무새를 다정하게 매만져주시던 지하철에서 처음 본 할머니, 며칠을 찾아 헤매던 우체통이 마법처럼 서 있던 회사 옆 골목, 길가에 완연했던 가을 햇빛까지.

이별한 사람의 가슴엔 연약한 새살뿐이라 소소한 다정함에도 민감하게 반응하는 것인지 모른다. 나는 그날 나에게 건네졌던 세상의 모든 손길을 놓치지 않고 느끼려 애썼다. 건네어도 받지 않으면 소용없는 거니까.

'우리가 알아봐주지 않았을 뿐, 세상은 언제나 우리에게 기댈 어깨를 내어주고 있는지도 모른다. 빛으로 바람으로 무언가의 어떤 모습으로.'

- 이지은, 《평범해서 더 특별한》

홀로서기

마음을 어지럽히는 일 앞에 조금 더 담대해지기를
무너질 것 같은 바람 앞에 조금 더 단단해지기를

하루 어린 내가, 하루 더 어른이 될 나에게 바랍니다.

엔딩

문득 네가 떠올랐는데
더 이상 가슴이 아프지 않았다.

너라는 사람이 무뎌지는 날이 오다니,
놀라다가도
나보다도 훨씬 전에
이처럼 차가워졌을 너의 가슴을 떠올리니

조금은 분했고
많이 가여웠다.

사랑을 잃은 채로
사랑인 척

너도 참
수고 많았다.

우리는

무엇을 위해

그를 사랑하던 내 마음이 더 이상 기억나지 않아요. 무척이나 다행이다 싶으면서도 이제는 그 누구의 가슴에도 머물지 못한 채 잊혀질, 아름다웠던, 어쩌면 아름답다 애써 믿었던 순간들이 아쉬운 것은 왜일까요.

사실 '아쉽다', 적고 지우고를 반복했어요. 아쉽다는 건 미련이 남아 서운하다는 것인데, 더 이상의 미련은 없는 것 같아서요. 적당한 표현을 찾아 '가엾다' 적으니, 이제 완전히 남의 일인 척, 스스로에게서 떨어뜨려두고야 만 것인가 다시 아쉬워지고 말아요.

어찌 되었든 내게도 이런 날이 오고야 말았네요. 그 사람이 무뎌지는 날, 그립지도 아프지도 않은 날.

우리는 무엇을 위해 수많은 밤들을 함께 울고 웃었던 걸까요. 뜨거웠던 그때의 우리는 그 이유를 알고 있었을까요.

운명 vs. 의지

운명이란 말을 좋아하지 않는다.
그런 것이 있다면 우리는 무엇 때문에
수많은 밤들을 까맣게 애태우는데.

어떤 만남도, 인연도
헤어짐까지도
당연한 것은 없다.

어쩌면 운명보다 강한 단어는
'의지'인지도 모른다.
때로는 '사랑'보다 더.

슬픔이 우리를
덮쳐오는 날에는

그와 이별했던 날을 떠올리면
여전히 코끝이 찡해지다 이내 눈물이 차오르고야 말아요.

다만 달라진 점이 있다면
나를 떠난 그 사람 때문이 아니라는 것.

그와의 이별 고백에
세상 무너진 듯
나보다 더 소란해지던 내 소중한 사람들.

야근 중의 일거리를 바리바리 싸들고 달려와
그 사람 하나 빠져나간 공백 따위야 아무것도 아니란 듯
내 곁을 지켜주던 이들에 대한 벅찬 감사.

슬픔이 당신을 덮쳐오는 날에는
당신 곁에 있는 이들의 손을 꼭 잡고 버텨내요.

시간이 지나면 알게 될 거예요.
우리에게는 슬퍼해야 할 까닭보다
행복해야 할 이유가 훨씬 많이 남아 있다는 걸.

영원한 것은
없어서

잘 자, 미처 읽지 못하고 잠들었던
아마도 나의 밤을 지켜주었을 안부.

오늘 춥다, 옷 꽁꽁 잘 챙겨 입어
요란스럽던 아침 메시지들.

차갑던 바람 사이사이로
귓등에 닿던 따스한 햇살.

영원하지 않아서
그래서 애틋하고 간절한 것이라면
어떻게 그것이 사랑뿐이겠어.

오늘, 아침 햇살, 건네진 마음,
그 무엇도 영원한 것은 없으니.

하루하루를
더 애틋하고
간절하게.

그때는

'그때'는 참 많이도 울었다. 출근길 지하철 문 앞에 바짝 붙어서서도 울고, 친구의 이름을 부르다가도 울고, 씩씩하게 잘 지내던 한낮에도 별안간 울음을 터트리고야 말았다. 하루에도 수십 번 기억의 잔영들이 주변을 일렁였고 매 순간마다 어김없이 눈물은 출렁이며 차올랐다. 사랑이란 감정은 나의 모든 것에 관여되어 있었기에 어떤 작은 몸짓도 그 부재를 피해 안녕할 수 없었다.

'그때'는 현실의 모든 것이 낙원과 나락으로 맞닿아 있었다. 이를 구별하는 한 가지는 너라는 근거였는데, 실존하던 네가 환영이 되어버린 '그때는', 낙원을 추억하다 금세 나락에 떨어져 있는 나를 발견하는 것이 일상이었다. 그런 하루하루가 막아낼 수 없이 먼지처럼 쌓이고 또 쌓였다.

'그때'는 그랬다. '그때는'이라고 이를 담담히 추억하게 되리라고는, 결단코 상상조차 할 수 없었던 때가 있었다. 언젠가부터 사랑이었던 너보다는 사랑에 취했던 내가 그리워지고, 너를 향한 그리움보다는 '사랑' 그 자체에 대한 아쉬움이 짙어졌다. 참을 만하다기보다는 무색무취로 사라져가는 통증이 이제는 서운하기까지, 적당한 시간이 알맞게 흘렀다.

비옥한 토양이 아니면 어떠리. 단단히 뿌리내려 버티어내자. 끝나지 않을 것만 같았던 여름이 막을 내리고, 가을을 지나 시린 겨울이 왔듯, 눈물 닦아줄 봄바람은 참 뻔뻔하게도 그러나 어쩔 수 없이 반가운 온기로 다시 불어오고야 말 테니.

놓아주자. 어느 유행가 가사처럼
사랑을 했다, 그걸로 됐다.

진부한

명제

끝나지 않는 꿈을 꾼 적 있나요?

언젠가 길을 헤매는 꿈을 꾼 적이 있는데
길의 끝을 찾아 문을 열고 나면
나는 그게 꿈이었단 걸 깨닫고는
잠에서 깨어나는 거예요.

그런데 잠에서 깨어난 그것 역시 꿈.

몇 차례의 반복 속에
어렴풋하게 이것 역시 꿈이겠구나, 알면서도
벗어날 방법이 내게는 없어
미련하게도 또다시 길의 끝을 찾아 걷고 걷는 내 모습을
무력하게 바라만 보던, 그런 꿈.

나의 이별, 그 시절은
끝나지 않는 꿈을 꾸는 것만 같았어요.

하나의 기억을 겨우겨우 밀어내고 나면,
또 다른 하나가 엎질러져
다시 모든 것을 처음으로 되돌리던 반복.

나의 의지와는 상관없이
엎질러지고 어질러지는 수많은 기억들 앞에
자주 좌절하곤 했던 시간들이었어요.

그런데 그 시간이 지나고 나서야 깨달은 것은
끝나지 않는 꿈은 없듯이
지나가지 않는 시간은 없다는
정말 진부한 명제 하나예요.

지나갈 거예요, 그러니
괜찮을 거예요, 당신도.

사랑하기
좋은 핑계

무언가를 정리하고 또 시작하기에
계절은 참 좋은 핑계가 된다.

살아가라고, 다시 사랑하라고
이리도 쉼 없이 오가나 보다, 계절은.

기어코

사랑

뜨거운 찻잔에 손을 덴 아이처럼, 겁먹은 마음을 달래기 위해서는 시간이 필요했다. 사랑에 대한 불신과 불안, 불완전한 영원을 온전히 받아들이는 시간이.

언젠가의 퇴근길이었다. 깊은 한숨 뱉어내며 바라본 밤하늘, 채 동그래지지 못한 달 하나가 눈에 맺혀 가슴에 스몄다. 따스한 빛을 세상에 내려보내는 저 달에게도 차가운 이면이 있다던데. 그럼에도 우리는 그의 따스함에 기대어 두 손 모아 작은 기대를 품지 않았던가. 사랑, 그 이면의 예쁘지 않을 모습을 인정한 지금이라면, 다시 한 번 기대해봐도 좋지 않을까. 작은 용기가 생겼다.

어차피 사랑이란 건 머리의 영역이 아닌 것. 스스로 수만 가지의 이유를 만들어 뜯어말린들, 언젠가의 나는 기어코 사랑일 테니까.

당신이 내게

그래줄 수 있을까요

나에 대해서
더 이상을 알려고 하지 않았으면, 하다가도
사실은 내 모든 걸 알아주었으면, 하고 바라기도 해요.

어떤 내 모습이 아니라
그냥 나, 그대로를
사랑해줄 사람을

나는 또 만날 수 있을까요?

절제

그 어떤 것도 미워하지 않기 위해서
때로는 무언가를 포기해야 할 때도 있다.

더 사랑하고 싶어서
잠시 눈을 감고 지나쳐 보내야 하는 것.

더 지켜내고 싶어서
조금 덜 사랑해야 하는 것.

흔하게는 사랑이 그렇고
사실은 모든 것이 그렇고.

양팔 저울

욕심과 기대가 전혀 존재하지 않는 사랑이 있을까.
잔뜩 흔들리기도 하면서
균형을 맞추어가는 일이 중요한 것인데,

계속해서 접시에서 추를 덜어내기만 하던 한쪽이
더 이상 내려놓을 추가 없어
저울이 기울어진 채 흔들림이 멎거든 그 인연도 끝이 난다.

한 번쯤 생각해보길 바란다, 당신.
저울 그릇에 자리가 없을 정도로 추를,
욕심과 기대를 올리기만 했던 것은 아닌지.

상대는 사랑하는 마음을 지키기 위해
욕심 아닌 욕심까지도 내려놓고,
당신에게 무엇도 기대하지 않으려다

마음, 메말라가고만 있는데.

해설지

내 안의 감정이나 생각을 내가 가진 단어로는 설명할 수 없을 때가 있다. 그럴 때면 수학 문제지 뒤쪽 해설지를 뒤적이던 것마냥 서점으로 달려가 책들을 뒤적인다. 수십 권의 책을 읽어봐도 도통 알 수 없을 때도 있고, 단 한 문장으로도 그렇구나 깨달음을 얻을 때도 있다.

하지만 수학 문제가 그랬듯 늘 그때뿐이다. 또다시 새로운 문제에 부딪히면 백지를 마주한 듯 아득해져오는 머리. 삶 속에서 내가 당면한 이야기들도 그랬다. 비슷한 듯 낯설어서 풀어낼 방법을 알 수 없었던 시간들이 있었다. 차라리 수학 문제에는 맞고 틀린 답이라도 명확했는데, 삶이 내게 준 문제들이란 누군가 맞다 해도 틀린 것 같고, 틀리다 해도 맞는 것만 같아 결국은 내 안 어딘가에 가지고 있을 답을, 늘 그렇듯 '지금의 나'는 알 도리가 없었다.

문제지와는 달라 미리 펼쳐볼 수 없는 삶의 뒤 페이지, 그곳에 적힌 나의 지금은, 어떻게 풀이되고 있을까. 내게 수많은 오답이 있었다 해도 당신과의 이별만큼은 정답이리라, 내 작은 확신이 슬펐다.

다시

사랑을 한다면

아름답다, 구전되고 노래되는 사랑 이야기들이 있어. 그런 이
야기들은 대부분 비극이거나 주인공들이 보통 사람들은 겪지
않는 절정의 위기를 이겨내야 해. 나에게 새로운 사랑이 찾아
온다면 내 사랑은 아름답지 않아도, 누가 알아주지 않아도 좋
으니 지극히 평범했으면 좋겠어.

굳이 운명이라든가 위기 같은 걸 이겨내지 않아도 서로를 향
한 마음이 충분히 느껴지는 사람과, 증명해내거나 설명하지 않
아도 온기가 느껴지는 다정한 거리에서, 다시 사랑하고 싶어.

욕심일까.

기억

라벨

음악은 라벨과도 같아서
기억을 분류하기도 하고,
무심코 잊었던 순간들을 떠오르게도 한다.

걷다 멈춰선 거리에서는
헤어지기 전 네가 들려주었던 음악이 흐르고 있었다.

그때는 들리지 않던 네 마음이 들려오는 것 같아
소란해진 마음에 얼굴이 붉어졌었다.

때로는 시간이 흘러야만 들리는 노래,
이해할 수 있는 마음이 있는 것인지도 모른다.

기적

내가 아닌 이의 삶에 기웃거리게 되는 것,
다른 이들이 쥐고 있는 행복이 부럽지 않은 것,

평범한 일상에
누군가가 스며들어
특별한 날들이 되는 것,

내 삶에 또 한 번 그런 기적이 올까요.

사랑이 뭔지는
아직도 모르겠지만

이별 직후에는
한 사람이라도 더 나를 사랑해주기를 바랐지,
내가 누군가를 사랑하게 되어서
누군가가 내게 큰 의미가 되는 것이 무서웠다.

하지만 지금은 안다.

결국 내가 행복했던 시간은,
사랑받으려 애쓰던 시간들보다는
사랑을 주려 마음 다하던 시간들이었음을.

사랑이 뭔지는
아직도
잘 모르겠지만.

이별 앞에서
잊어서는 안 되는 것

삶이란 것은
내가 살아 있는 한 무한한 현재진행형이어서
어떤 영광을 얻더라도 그 뒤에 남은 것은
그 영광을 손에 쥐기 전과 마찬가지였다.
'그래서 이제는 무엇을 할 것인가'.

사랑도 같지 않을까.
누군가를 향했던 사랑의 한 계절은 끝이 났어도
내 삶이 진행형인 동안만큼은
사랑, 그 본질적인 것에
매듭이 지어질 리 없다.

잊어서는 안 된다.

상대를 잃었을 뿐
사랑을 잃은 것이 아니다.

다시

사랑을 하자

여고 시절, 친구들과 식당에 갔을 때였다. 멋있는 직원이 냄비에 담긴 음식을 가져다주었는데, 그가 잡은 냄비 손잡이를 나도 한번 잡아보고 싶다며 손을 댔다가 데인 적이 있다.

좋아하는 감정이란 그런 것 같다. 뜨거울 거야, 데일 거야, 아플 거야, 나를 위한 모든 사고를 정지시키는 것. 그의 시선이 닿는 곳, 손이 가는 곳, 좋아하는 것들을 나도 따라 바라보고, 손을 내밀고, 좋아한다 믿어버리는 것.

이해의 영역이란 없다, 인정만이 허락될 뿐. 그렇게나 어리석은 감정. 어른이 되어서는 참 갖기 힘들어진, 그러므로 가슴에 깃들거든 마치 마지막인 것처럼 두 팔 벌려 환영해도 좋은 것.

사랑의 본질이 나보다는 상대를 향하고 마는 것이라, 마음 다한 사랑의 끝에 서보니 참 많은 것들을 잃었더라. 그럼에도 후회는 없다. 이를 두려워했다면 잊지 못했을 더 찬란한 순간들을 가슴에 잔뜩 새겼으니. 설사 실패한 사랑일지라도 무조건적인 손해는 없지 싶다.

물론 남는 장사라고도 말 못하겠지만.

언젠가의 이별로부터
배운 것

사랑이란 건
아이처럼 시작하되
어른의 마음으로 지켜내야 하는 것.

둘 중의 하나가 아니라 함께 행복해져야 하는 것,
때로는 혼자일 줄도 알아야 하는 것,
이별도 사랑의 종착역 중 하나로 받아들일 줄 아는 것.

또 다시 울게 되더라도 그뿐
다시 사랑하는 일에는 겁낼 이유가 하나도 없단 것.

사랑,
그것

'나는 아직도 살아 있고, 기어이 살아 있고, 황홀하게 살아 있고,
봄날의 속살처럼 연약하게 살아 있으니,
우리는 사랑을 하자.'

- 드라마 〈또 오해영〉

그때의 어리고 싱그러운 우리는 이제 없지만
누구보다 열심히 살아왔고,
그만큼 매력적인 모습으로
잘 익어가고 있는 우리니까
다시 해요, 사랑.

잃기 싫어 울고 아팠던 딱 그만큼
애틋하고 행복했던,

우리를 살아 있게 했던
그것, 사랑.

잃어서는
안 되는 것

다시는 그 누구도 사랑하지 않겠단 거짓말보다
누군가를 사랑하더라도 나를 잃지는 않겠다는 다짐이
어쩌면 더 유효할지도 몰라요.

또다시 그 사랑 떠나가더라도,
결국 자신만큼은 지켜낸 사람이라면
우는 모습조차 예쁜 거 알죠.

우리는 또다시,
그리고 반드시

시린 손을 모닥불에 녹이듯 당신의 시린 마음 녹일 수만 있다면 나는 세상의 모든 다정한 단어들을 빌려다 당신 곁에 둘 거야. 그 온기가 번져갈 때쯤 당신은 알 수 있겠지. 당신의 잘못이 아니라, 잘못 내디딘 길은 더더욱 아니라, 그저 당신의 모든 여정 중 조금 서글픈 풍경이었단 걸.

푸른 새벽녘처럼, 먹먹한 수평선처럼.
사실은 아름다워서 더 슬픈.

걱정 마. 핏빛 상처가 선명한 가슴 위에 보드라운 새살이 간질하게 차오를 때쯤, 우리는 또다시 그리고 반드시 사랑을 할 테니.

기억해요

그 어떤 기억도 애써 상처라 이름 짓지 않길.
내가 어쩔 수 없는 상처라면 불안으로 덧내지 않길.
미련한 불안에 지금을 놓치지 않길.

행복해도 괜찮아요.

당신은
행복해질 자격이 있으니까.

연애

연애에는 더 많이 좋아하는 누군가가 존재해. 사실 좋아한다는 감정은 눈에 보이는 무엇은 아니라서 무게도 크기도 가늠할 수 없지만, 그래도 이 문장이 명제처럼 구전되는 데는 이유가 있겠지.

내가 더 좋아하는 쪽이면 뭐 어때. 연애가 시작된다는 것이 얼마나 힘든 건지 알아? 사랑하고 싶은 누군가를 넓디넓은 세상 속에서 기어코 찾아내는 것, 그 누군가를 내 옆에 꽁꽁 붙들어 몸과 마음이 쉬는 것도 잊은 채 아낌없이 사랑을 말하는 것. 잔뜩 뒤틀린 세상을, 눈이 멀 만큼 아름답다 이야기하며 살아갈 수 있는 것.

그러니 어쩌면
더 많이 좋아하는 사람이 승자인지도 모른다고.

언젠가
사라진다 하더라도

겁이 난다고
온전히 받아들이지 않으면
그 시간도, 감정도
흔적도 없이 사라져.

모두 사라지고 난 후에
구차한 변명을 늘어놓아도
그 문장들이 구구절절 옳아도

그러면 뭐해.

그 시간을 함께한
그 감정을 갖게 해준
그 누군가는 떠난 후일 텐데.

사랑이다 싶으면
사랑을 하자.

겁내지 말고 마주하는 거야.

한생에 몇 번 주어지지 않는,
선물 같고 기적 같은 일이니
비록 언젠가
사라진다 하더라도 말이야.

한생, 태어나
누군가를 사랑할 수 있는 가슴을 가졌던 시간이 있었다는 것,

잘 살아낸 시간인 거야.

Hello,

stranger

복잡하던 마음 몽땅 비워내고
의자 하나 내어두었어.

바라보고 떠올리다
깊은 밤 그리며 지나
푸른 새벽 시리더라도
아무래도 좋아.

그냥 머물자.

에필로그

나의 세상이 기울어지던 때에
초라한 마음 기대어 쉬어갈 수 있도록
가슴 한 켠 내어준 이들에게
이 자리를 빌려 고마운 마음을 전합니다.

지루한 이야기에 귀 기울여주셔서

지치지 않고 버텨주셔서

고맙습니다, 모두.

참 좋았다, 그치

2019년 8월 19일 초판 1쇄 발행
지은이·이지은, 이이영
펴낸이·김상현, 최세현 | 경영고문·박시형

책임편집·남연정 | 디자인·정아연
마케팅·양봉호, 김명래, 권금숙, 임지윤, 최의범, 조히라, 유미정
경영지원·김현우, 강신우 | 해외기획·우정민
펴낸곳·시드앤피드 | 출판신고·2006년 9월 25일 제406-2006-000210호
주소·서울시 마포구 월드컵북로 396, 누리꿈스퀘어 비즈니스타워 18층
전화·02-6712-9800 | 팩스·02-6712-9810 | 이메일·info@smpk.kr

ⓒ 이지은, 이이영(저작권자와 맺은 특약에 따라 검인을 생략합니다)
ISBN 978-89-6570-839-1 (03810)

• 이 책은 저작권법에 따라 보호받는 저작물이므로 무단전재와 무단복제를 금지하며, 이 책 내용의 전부 또는 일부를 이용하려면 반드시 저작권자와 시드앤피드의 서면동의를 받아야 합니다.
• 이 책의 국립중앙도서관 출판시도서목록은 서지정보유통지원시스템 홈페이지(http://seoji.nl.go.kr)와 국가자료공동목록시스템(http://www.nl.go.kr/kolisnet)에서 이용하실 수 있습니다.
(CIP제어번호: CIP2019027760)
• 잘못된 책은 구입하신 서점에서 바꿔드립니다. • 책값은 뒤표지에 있습니다.
• 시드앤피드는 ㈜쌤앤파커스의 브랜드입니다.

쌤앤파커스(Sam&Parkers)는 독자 여러분의 책에 관한 아이디어와 원고 투고를 설레는 마음으로 기다리고 있습니다. 책으로 엮기를 원하는 아이디어가 있으신 분은 이메일 book@smpk.kr로 간단한 개요와 취지, 연락처 등을 보내주세요. 머뭇거리지 말고 문을 두드리세요. 길이 열립니다.